AF454620

LES FESTES

DE

PAPHOS,

BALLET HÉROIQUE.

REPRÉSENTÉ POUR LA PREMIERE FOIS

PAR L'ACADÉMIE-ROYALE

DE MUSIQUE,

Le Mardi 9 May 1758.

PRIX XXX SOLS.

AUX DÉPENS DE L'ACADÉMIE,

A PARIS, Chez la V. Delormel & Fils, Imprimeur de ladite
Académie, rue du Foin, à l'Image Ste. Geneviéve.

On trouvera des Livres de Paroles à la Salle de l'Opera.

M. DCC. LVIII.

AVEC APPROBATION ET PRIVILEGE DU ROI.

La *Musique* est de *M.* MONDONVILLE.

AVERTISSEMENT.

VÉNUS, BACCHUS & L'AMOUR, réunis dans l'Isle de Paphos ; pour égayer leur loisir, résolurent de célébrer leurs premieres Amours dans un séjour si agréable, ce qui donne lieu aux trois Actes suivants , & au titre des Fêtes de Paphos.

Ce sujet forme un Prologue, qu'on a cru devoir supprimer, pour éviter un Spectacle trop long.

ACTEURS CHANTANTS
DANS LES CHŒURS.

Côté' du Roi.		Côté' de la Reine.	
Mesdemoiselles.	*Messieurs.*	*Mesdemoiselles.*	*Messieurs.*
Larcher.	Lefevre.	Daliere.	S. Martin.
Le Tourneur.	Le Page.	Maffont.	Gratin.
Chefdeville.	l'Evefque.	Lachanterie.	Le Mefle.
	Antheaume.		Albert.
Cazau.	Paris.	Dauger.	L'Ecuyer.
La Croix.	Scelle.	Héry.	Chappotin.
Salaville.	Rofe.	Edmée.	Feret.
Dubois c.	Robin.		Favier.
Durand.	Antheaume.	Emilie.	Du Perrier.
	Parant.	Rouffel.	

VENUS

ET

ADONIS,

ACTE PREMIER.

ACTEURS.

Mars,	M^r. Gélin.
Vénus,	Mlle. Chevallier.
Adonis,	M^r. Poirier.
Aglaé,	Mlle. Lemiere.
Une Voix,	M^r. Muguet.

Guerriers.

Chasseurs.

Chasseresses, Plaisirs et Jeux.

La Scène est dans un Bois.

PERSONNAGES DANSANTS.

Premier Divertissement.

CHASSEURS ET CHASSEUSES.

M^r. Lyonnois.　　　Mlle. Lyonnois.

Mlle. Carville.

M^{rs}. Henry, Rivet, Desplaces, Granger.

M^{les}. Riquet, Mescar, Morel, Procope.

Second Divertissement.

GRACES.

M^{les}. Couppé, Marquise, Chevrié.

PLAISIRS ET JEUX.

M^{ll}. Lany.

M^{rs}. Béate, Martin, Levoir, Sciot.

Mlles. Affelin, Martigny, Thételingre, Chauvin.

VÉNUS ET ADONIS.

ACTE PREMIER.

Le Théâtre repréfente une Forêt.

SCENE PREMIERE.

MARS Troupe de Guerriers.

MARCHE.

MARS, aux Guerriers.

VOUS, qu'à mes pas enchaîne la Victoire,
Illuſtres Compagnons de mes travaux guerriers,
Suſpendés en ce jour votre ardeur pour la gloire;
Mars ne vient point ici diſpenfer des Lauriers.
De l'éclat qui les environne

J'ai fatisfait vos cœurs ambitieux :
A d'autres foins mon ame s'abandonne ;
Je vais m'en occuper en ces paifibles lieux.
    Allés dans une paix profonde
    Attendre mes fuprêmes loix :
Quand il faudra changer le fort du Monde
    Vous partagerés mes exploits.

Les Guerriers fe retirent.

MARS, *feul.*

    Enfin , c'eft dans ce Bois
Que Diane a promis de fervir ma colere.
Inconftante Vénus, frémis de mes tranfports,
Un Monftre doit punir mon Rival téméraire,
Adonis va bientôt defcendre chez les Morts.

On entend un bruit de Chaffe.

    Ce bruit annonce fa préfence :
Goûtons feul le plaifir que promet la Vengeance.

Il fort.

SCENE II.

ADONIS, TROUPE DE CHASSEURS ET DE CHASSERESSES.

On danse.

ADONIS.

QUe ces Forêts
Offrent d'attraits!
Le Guerrier y rappelle
Sa valeur,
L'Amant y renouvelle
Son ardeur.

LE CHŒUR.

Que ces Forêts &c.

ADONIS.

De ces lieux remplis de charmes
Un Monſtre affreux trouble la Paix ;
Lançons ſur lui nos traits,
Qu'il tombe ſous nos armes.

LE CHŒUR.

Que ces Forêts, &c.

B

A D O N I S.

Lorsqu'aux champs de Bellone il n'est plus de
conquêtes
Dignes d'occuper les Héros,
Pour dissiper l'ennui qu'enfante le repos,
Diane les appelle au fond de ces retraites.

L E C H Œ U R.

Que ces Forêts, &c.

On danse.

A D O N I S.

Qu'il est doux après la victoire
De s'offrir triomphant à l'objet de ses vœux !
En voyant son bonheur écrit dans de beaux yeux,
Un Héros peut encore ajoûter à sa gloire.

On danse.

ADONIS ET LE CHŒUR.

Délivrons les forêts de ce Monstre odieux ;

A D O N I S.

Protéger les Mortels, c'est imiter les Dieux.

*Dans le tems qu'ils partent pour aller combattre
le Monstre, Vénus entre & les arrête.*

SCENE III.

VÉNUS , ADONIS, TROUPE DE
CHASSEURS ET DE CHASSERESSES.

VÉNUS.

ADonis, se peut-il que malgré ma tendresse,
Malgré le soin que je prends de vos jours,
Lorsque pour eux je m'intéresse,
Vous vouliés abréger leur cours ?

ADONIS.

Dissipés ces vaines allarmes :
Je fais de vous aimer mon bonheur le plus doux.
La gloire n'a pour moi de charmes,
Que pour être digne de vous.

VÉNUS.

Vous rendés à Diane un trop fidele hommage ;
Vous le sçavés, mon cœur en est jaloux.

ADONIS.

Un Monstre affreux désole ce rivage ;
Pour le domter nous nous rassemblons tous.
Ne me refusés pas le flatteur avantage

B ij

De lui porter les premiers coups.

VÉNUS.

Dans ce projet téméraire ,
Du Monftre craignés la fureur.

ADONIS.

Tout doit céder à ma valeur,
Puifqu'à Vénus j'ai fçu plaire :
Tout doit céder à ma valeur;
Vous m'aimés, je ferai vainqueur.

VÉNUS.

C'eft donc envain que j'efpére,
Vous fuivés une aveugle erreur.

LE CHŒUR.

Tout doit céder à fa valeur,
Puifqu'à Vénus il fçait plaire :
Tout doit céder à fa valeur;
Vous l'aimés, il fera vainqueur.

Ils fortent.

SCENE IV.

VÉNUS, AGLAÉ.

VÉNUS.

ADonis, Adonis... vainement je l'appelle,
Il ne peut entendre ma voix.

AGLAÉ.

D'où naît le trouble ou je vous vois ?

VÉNUS.

Je crains pour mon Amant une atteinte mortelle.

AGLAÉ.

Ne fongés en ce jour
Qu'au plaifir de le voir couronner par la Gloire.
Ah! qu'un Amant chéri de la Victoire
Eft agréable à l'Amour.

VÉNUS.

Reviens, cher Adonis, diffiper mes allarmes,
Ce triomphe ne peut augmenter mon ardeur.
Eh! quand la Gloire auroit encore plus de char-
mes,
Vaut-elle tous les maux qu'elle coûte à mon
cœur ?

C H Œ U R, *derriere le Théâtre.*

Fuyons ce Monſtre, échappons à ſa rage.

V É N U S.

Qu'entends-je? Quels terribles cris!

C H Œ U R, *derriere le Théâtre.*

Ah, quel affreux carnage!
O Ciel! malheureux Adonis!

V É N U S.

Ah! quel ſuplice extrême...
Mon Amant va périr, je tremble.. je frémis...
D'épouvante & d'horreur tous mes ſens ſont ſai-
ſis...
Amour, préviens mes pas, cours ſauver ce que
jaime.
Mais quel objet frappe mes yeux?
O rage, o dèſeſpoir, o forfait odieux!
Adonis, vous mourés....

SCENE V.

VÉNUS, AGLAÉ, ADONIS *bleſſé*.

ADONIS.

CHer objet de ma flâme,
Hélas ! il faut nous ſéparer.

VÉNUS.

Nous ſéparer, grands Dieux !...

ADONIS.

Au moment d'expirer,
Vous enchantés encor mon âme.

VÉNUS.

Implacable Deſtin !...

ADONIS.

Modérés vos douleurs :
Le Ciel de mon trépas adoucit les horreurs
Puiſque je vous revois.... mais je ceſſe de vivre.

Il meurt.

SCENE VI.

VÉNUS, AGLAÉ, ADONIS *mort.*

VENUS.

IL meurt, & je ne peux le fuivre!
O mon cher Adonis! o déplorable fort!
Tu defcends pour jamais dans la nuit éternelle;
Impitoyables Dieux, par cette loi crüelle
Vous me faites fentir les horreurs de la mort.
O mon cher Adonis! o déplorable fort!

Laiffons de mon amour une marque éclatante.
Qu'en ce bois s'éleve une fleur
Dont la trifte couleur
Soit l'image touchante
Des troubles de mon cœur.

Adonis eft métamorphofé en Anémone.

SCENE VII.

VÉNUS, AGLAÉ, MARS.

AGLAÉ.

M Ars près de vous s'avance.

VÉNUS.

O Ciel ! qui l'amene en ces lieux ?

MARS.

Perfide ! la Vengeance.

VÉNUS.

Qu'entens-je ? . . .

MARS.

C'eft par moi qu'un Monftre furieux,
A votre Amant vient d'arracher la vie.

VÉNUS.

Crüel ! après ta barbarie,
Puiffe le jufte Ciel, pour punir tes forfaits,
Te rendre mille fois les maux que tu me fais.

MARS.

Ce Rival que j'abhorre,
Sans votre indigne amour,

C

Jouiroit encore
De la clarté du jour:
Jugés par ma fureur du feu qui me dévore.

VÉNUS.

Il vivra malgré toi dans le fond de mon cœur;
Envain à mon amour ta colere s'oppôfe;
Pour prouver à jamais l'excès de mon ardeur,
Du fang de ce Héros j'ai formé cette fleur.
Dans cette métamorphofe
J'adorerai toûjours un fi charmant Vainqueur.

MARS.

Ah! c'en eft trop, redoutés, Inhumaine....

VÉNUS.

Que ne puis-je en ce jour,
Pour augmenter ta peine,
Augmenter pour lui mon amour!
Regarde cette fleur te reprocher ton crime,
Elle eft de ma tendreffe un gage précieux.

MARS.

Elle fera ma feconde victime.

VÉNUS.

Tiran! qu'elle fureur t'anime?...

MARS.

Je ne puis trop punir de fi coupables feux.

VÉNUS.

Jupiter, fois fenfible à mes tourmens affreux.

On entend le bruit du Tonnerre ; l'obfcurité s'empare du Théâtre.

UNE VOIX.

Contre une injufte violence,
Jupiter du plus haut des Cieux
De cette fleur prend la défenfe.
Craignés, Audacieux,
D'éprouver la vengeance
Du Souverain des Dieux.

MARS.

Ce que j'entends eft un nouvel outrage ;
Malgré toi, Dieu crüel, j'affoûvirai ma rage.

VÉNUS.

Barbare ! arrête....

MARS arrache la fleur ; Jupiter fait renaître Adonis : la lumiere fe répand fur le Théâtre.

SCENE VIII·
VÉNUS, MARS, ADONIS.
MARS & VÉNUS enfemble.

O Ciel! en croirai-je mes yeux?

MARS.

Qu'ai-je fait?...

VÉNUS.

Cher Amant!....

MARS.

O Rival trop heureux!
Tu vois le jour, & ma main te le donne.

VÉNUS.

Gémis, éclate, tonne,
Puifque je dois à ta fureur
L'unique objet de mon ardeur,
Tous tes emportements mon cœur te les pardonne.

ADONIS.

En revoyant le jour que me rendent les Dieux,
Que mon fort eft digne d'envie!
C'eft de l'amour qui brille dans vos yeux
Que je reçois une nouvelle vie.

MARS.

Je ne puis me venger d'un Rival odieux !
O Deftin !... De mes maux allons punir la Terre.
Le fang des Mortels va coûler ;
Le feu, l'effroi, l'horreur & la Mort vont voler ;
Portons jufques aux Cieux les fureurs de la Guerre.

Il fort.

SCENE IX.
VÉNUS, ADONIS.

ADONIS.

QUe je plains les Mortels ! quel fera leur
  efpoir ?
Si Mars égale fa vengeance
Au plaifir enchanteur que j'ai de vous revoir ?

VÉNUS.

Jupiter prendra leur défenfe.

ADONIS.

Ne fongeons plus à nos malheurs paffés ;
Que les plaifirs en écartent l'image.
Des maux que j'ai foufferts le Ciel me dédomage ;
Je vois Vénus, ils font tous effacés.

VÉNUS.

En te rendant à ma tendreſſe extrême,
Les Dieux me comblent de faveurs :
Ah! qu'on oublie aiſément ſes malheurs,
Quand c'eſt la main de ce qu'on aime
Qui vient eſſuyer nos pleurs.

ADONIS.

Que mon âme eſt ravie!
Vous partagés mon ardeur.
Aux Dieux je ne dois que la vie;
À Vénus j'en dois le bonheur.

VÉNUS & ADONIS.

Je vous aimerai ſans ceſſe;
Ah! quelle félicité!
Que le prix de ma tendreſſe
Soit votre fidélité.

VÉNUS.

Ne m'offrés plus que le ſéjour de Flore,
Lieux qui venés d'entendre éclater mes ſoupirs.
Vous, qui ſuivés mes loix, venés, Jeux & Plaiſirs;
Obéiſſés à l'Amant que j'adore.

Le Théâtre change, & repréſente les Jardins de Flore.
Les Grâces, les Plaiſirs & les Jeux paroiſſent.

SCENE DERNIERE.

VÉNUS, ADONIS, AGLAÉ, *Plaisirs & Jeux.*

On danse.

A D O N I S.

O Vous, qui de Vénus accompagnés les pas,
  Prenés part à ma gloire.
Célébrés de l'Amour la brillante victoire,
  Chantés Vénus & ses divins appas.

L E   C H Œ U R.

Célébrons de l'Amour la brillante victoire,
  Chantons Vénus & ses divins appas.

On danse.

A G L A É & LE CHŒUR.

Lorsque Vénus vint à paroître
Sur le vaste Empire des Mers,
Ses yeux annoncérent le Maître
Et le Vainqueur de l'Univers.
C'est elle qui nous fit connoître
Le Dieu de la Félicité.
De qui l'Amour pouvoit-il naître
Si ce n'étoit de la Beauté?

On danse.

A G L A É.

Pour rendre hommage
A la Reine des cœurs,
La Déeſſe des fleurs
Embellit ce Boccage.
Mais de cet afile enchanté,
Où les Plaifirs font fans allarmes,
La préfence de la Beauté
Augmente encor les charmes.

On danſe.

V É N U S.

Regne à-jamais fur nos cœurs,
Amour, viens refferrer nos chaînes.
Dans ton Empire on ne reffent des peines,
Que pour mieux goûter tes faveurs.

On danſe.

FIN DÚ PREMIER ACTE.

BACCHUS

BACCHUS

ET

ÉRIGONE.

ACTE SECOND.

ACTEURS.

ERIGONE,	Mlle. Fel.
BACCHUS,	M^r. Larrivée.
MERCURE,	M^r. Pillot.
COMUS,	M^r. Perſon.

Troupe de SYLVAINS, *de* BACCHANTES, *de* PRESTRES *de la ſuite de* BACCHUS.

NYMPHES *de la ſuite d'*ÉRIGONE.

La Scéne eſt dans un Boccage, près du Palais d'Érigone,

PERSONNAGES DANSANTS.

PREMIER DIVERTISSEMENT.

SYLVAINS.

M^r. LANY.

M^{rs}. HYACINTE, DUBOIS.

M^{rs}. Dupré, Hus, Hamoche, Granger.

PRÉTRES de la ſuite de Bacchus.

M^r. VESTRIS.

M^{rs}. Lelievre, Henry, Trupty, Rivet, Deſplaces, Levoir.

BACCHANTES.

Mlles. MESCAR, ASSELIN.

M^{les}. Couppé, Marquiſe, Chevrié, Riquet.

SECOND DIVERTISSEMENT.

NYMPHES de la Suite d'Érigone.

Mlle. VESTRIS.

Un Plaiſir, M^r. LAVAL.

M^{les}. Chaumard, Morel, Deſchamps, Thételingre, Procope, Chauvin.

BACCHUS ET ÉRIGONE.

ACTE SECOND.

Le Théâtre repréfente un Boccage, & dans le fond le Palais d'Érigone.

SCENE PREMIERE.

ÉRIGONE *feule.*

DIEU des Amans, reçois les vœux
D'un cœur tendre qui t'implore :
Mets ta flâme dans mes yeux,
Pour triompher du Héros que j'adore.

Bacchus, ce fier vainqueur de nos riches climats,
Vient de mes jours troubler le cours paifible ;

D ij

Hélas ! la Gloire feule a pour lui des appas :
Amour, lance tes traits, qu'il devienne fenfible.
Dieu des Amants, &c.

SCENE II.

ÉRIGONE, MERCURE.

MERCURE.

BElle Nimphe, efpérés le fort le plus heureux :
Bientôt un doux Hymen comblera tous vos vœux.
Le Dieu de qui Bacchus a reçu la naiffance,
Approuve que fon fils partage votre ardeur.
C'eft par l'hommage de fon cœur,
Qu'il veut que ce Héros commence,
A connoître le vrai bonheur.

ÉRIGONE.

O Ciel !

MERCURE.

Pour triompher de fon indifférence,
Raffemblés les Plaifirs dans ce Bois écarté.
L'empire de la Beauté
Eft fondé fur leur puiffance.

ÉRIGONE.

Dieux de Cythere, enchantés ce féjour ;

Aux yeux de mon Vainqueur faites briller vos
    charmes :
    Préparés vos plus douces armes
    Pour le triomphe de l'Amour.

          On entend un Prélude.
    MERCURE.

Des fiers Sylvains le bruit se fait entendre,
Ils viennent célébrer ce Héros glorieux.
    Laiſſés-moi seul ici l'attendre.
    Quand vous paroîtrés à ses yeux,
    Que vos talens ingénieux,
    Forçent ce Vainqueur à se rendre.

          Erigone sort.

SCENE III.

BACCHUS, *sur un Char de Triomphe porté par
ses Sylvains.* MERCURE, COMUS,
PRÊTRES, BACCHANTES.

          On danse.
    COMUS.

CHer Bacchus, c'eſt aſſés répandre les allarmes,
    Fais triompher ton jus délicieux ;
    Il éfface les charmes,
Du Nectar qu'Hébé verse aux Dieux.

Il embellit les Fêtes,
Il tranſporte un Mortel aux Cieux ;
Que l'Amour ſans Bacchus manqueroit de con-
quêtes !   *On danſe.*

LE CHŒUR.

La Victoire vole à ta voix ;
De tes bienfaits la Terre ſe décore ;
Bacchus, que l'Univers t'adore,
C'eſt le Plaiſir qui diſpenſe tes loix.

BACCHUS.

Vous m'offrés dans vos jeux un agréable hommage ;
Mais, c'eſt aſſés goûter la douceur du repos.
Allés vous préparer pour des éxploits nouveaux :
Ne vous éloignés pas de ce charmant Boccage.

La Suite de Bacchus ſe retire.

SCENE IV.

BACCHUS, MERCURE, COMUS.

MERCURE.

Tout conſpire à combler vos vœux :
Ainſi que le Dieu du Tonnere,
Vous domtés l'Univers, vous le rendés heureux.

Vous avés fait à la Terre
Un don envié par les Cieux ,
  Et le Char du Dieu de la Guerre
Eſt environné par les Jeux.

BACCHUS.

Mes rapides exploits, l'éclat de ma victoire ,
  Devroient me faire un fort flateur ;
Cependant je languis dans le ſein de la Gloire ;
Elle fait mes plaiſirs, ſans faire mon bonheur.

Ces cris de mes Silvains, ces clameurs de Bellone ,
  Ce tumulte qui m'environne,
  N'eſt donc qu'un preſtige impoſteur ?
    Dès le moment qu'il ceſſe ,
    Une affreuſe triſteſſe
    S'empare de mon cœur.

COMUS.

  Cette langueur étrange
Eſt un châtiment de l'Amour ;
Vous l'avés fui juſqu'à ce jour,
C'eſt ce Dieu jaloux qui ſe venge.
Mais vos malheurs ne ſont pas ſans retour.

MERCURE.

Une Enchantereſſe charmante
  Habite en ces lieux ;

Sa voix menaçante
N'ouvre point l'Enfer affreux :
Plus douce & plus puiſſante,
Sa Magie eſt dans ſes yeux.

COMUS, MERCURE.

L'Amour vole à ſa voix touchante ,
C'eſt l'ouvrage d'un moment;
Et des cœurs ſurpris qu'elle enchante,
Rien ne détruit l'enchantement.

COMUS.

Regardés ce ſéjour champêtre ,
C'eſt ſon Palais. . . . . .

MERCURE.

Mais, je la vois paroître.

SCENE V.

BACCHUS, MERCURE, COMUS.

ÉRIGONE , superbement parée , & suivie de ses Nymphes qui dansent autour d'elle , pendant que le Chœur chante.

LE CHŒUR.

L'Amour suit cet objet charmant ;
    C'est l'ornement
De son aimable Empire :
    Venus l'admire ,
L'Amour sçût l'instruire
    De ses secrets divins :
    Les Ris badins
De leurs traits l'armerent ;
Et les Grâces qui la formerent,
    Les Grâces même envierent
    L'ouvrage de leurs mains.

BACCHUS, à part.

Dieux ! quel charme inconnu me ravit & m'en-
    flâme ?
Tous les feux de l'Amour ont passé dans mon âme.

E

à Érigone.

Comme le soufle des Zéphirs
Embellit les traces de Flore ,
Sur vos pas l'Amour fait éclore
Les Ris , les Jeux & les Plaifirs.
Qui ne vous rendroit pas les armes
En voyant briller tant d'attraits !
De Vénus , vous avés les charmes,
De l'Amour , vous avés les traits.

ÉRIGONE.

De la Gloire terrible
Sufpendés les travaux :
Je chante un Vainqueur plus paifible,
Le Plaifir porte fes Drapeaux.
Il ne faut qu'un cœur fenfible
Pour être au rang de fes Héros :
Comme vous il eſt invincible ,
Mais fes trïomphes font plus beaux.

BACCHUS.

Quel trouble votre afpect m'infpire !
Nimphe , en vous écoutant , à peine je refpire.
Mon fort rendoit les Dieux jaloux;
La Gloire & les Plaifirs avoient fuivi mes Armes;
Mais depuis que je vois vos charmes ,
Je fens qu'il eſt des biens plus doux;

Mais depuis que je vois vos charmes,
Mon cœur ne connoît plus que vous.

ÉRIGONE.

Vous cherchiés le bonheur au milieu des allarmes.
C'eſt l'Amour, ce ſont ſes fers
Qui font le bonheur ſuprême ;
C'eſt dans le cœur de ce qu'on aime
Qu'on trouve les biens les plus chers.

BACCHUS.

Vous enchantés mon cœur ; je vois que la Nature
Imite mes tranſports.
Les Roſſignols ſous la verdure
Forment de plus tendres accords ;
Le Ruiſſeau qui baigne ces bords
Coule avec un plus doux murmure :
Mille naiſſantes fleurs brillent de toutes parts ;
Et ces lieux, où renaît une clarté plus pure,
S'embelliſſent par vos regards.

ÉRIGONE.

Non, rien de ce ſéjour n'a changé le ſpectacle,
Et c'eſt dans votre cœur que s'eſt fait le miracle.
Tout s'embellit aux regards des Amants :
Ils ont mille plaiſirs charmants
Inconnus à l'indifférence :

E ij

Sur tout ce qui les fuit, les traits que l'Amour lance
Verfent leurs doux enchantements;
Et dans leurs tendres fentiments,
L'Univers à leurs yeux femble avoir pris naiffance.
Non, ce n'eft qu'aux Amants heureux
Que la Nature paroît belle,
C'eft pour eux feuls que Zéphire amoureux
Fait éclore la fleur nouvelle,
Et les Oifeaux ne chantent que pour eux.

BACCHUS.

C'eft l'Amour qui triomphe, il faut enfin fe rendre.
Mais vous, Objet divin, vous dont la voix fi tendre
Sur les fecrets d'amour a daigné m'éclairer,
Votre cœur veut-il ignorer
Ce que vos yeux ont fçu m'apprendre ?

ÉRIGONE.

L'Amour, par un charmant lien
Sçut m'enchaîner en vous voyant paroître:
Et fi mon cœur fut votre maître,
L'Amour lui-même fut le mien.

BACCHUS.

Ah, la félicité par votre voix m'appelle !
(ENSEMBLE.)
Amour, lance tes traits, épuife ton Carquois ;
Brûle toujours nos cœurs de ta flâme immortelle ;

Que fur une chaîne fi belle
L'inconftance n'ait point de droits.

BACCHUS.

Pour célébrer notre ardeur mutüelle ;
Ménades & Sylvains, accourés à ma Voix.

SCENE DERNIERE.

BACCHUS, ÉRIGONE, MERCURE,
Troupe de SYLVAINS, *de* PRESTRES, *de* BACCHANTES.
NYMPHES *de la fuite d'*ÉRIGONE.

BACCHUS, *aux Sylvains.*

CHantés dans vos fêtes charmantes
La victoire d'Amour, le bonheur de Bacchus ;
Portés dans vos mains triomphantes
Le flambeau du fils de Vénus.

LE CHŒUR.

Chantons dans nos fêtes charmantes
La victoire d'Amour, le bonheur de Bacchus ;
Portons dans nos mains triomphantes
Le flambeau du fils de Vénus.

On danfe.

MERCURE.

Dieu des cœurs,
C’eſt par tes faveurs
Que l’Univers reſpire.
Les langueurs,
Les ſoûpirs, les pleurs,
Tout plaît dans ton Empire.
Rien n’eſt ſi doux
Que de s’aimer, de ſe le dire ;
Ce plaiſir les raſſemble tous.

On danſe.

ÉRIGONE.

Ceſſés, Guerriers, ceſſés de lancer le Tonnerre,
De la Paix goûtés les douceurs ;
Faites-la régner ſur la Terre,
Vous régnerés ſur tous les cœurs.
Héros, favoris de la Gloire,
Écoutés les tendres deſirs :
De vos exploits nous gardons la mémoire :
Faites-nous chanter vos plaiſirs.

Ceſſés, Guerriers, &c.

On danſe.

FIN DU SECOND ACTE.

L'AMOUR

ET

PSYCHÉ.

ACTE TROISIEME.

ACTEURS

Psyché,	Mlle. Arnoud.
TISIPHONE,	M^r. Gélin.
L'AMOUR,	Mlle. Lemiere.
VÉNUS,	Mlle. Davaux.

L'Inconstance, Personnage dansant.
Suite de l'Inconstance.
Troupe de Démons.
Suite de Vénus.
Troupe de Plaisirs, de Ris & de Jeux.

PERSONNAGES DANSANTS.

PREMIER DIVERTISSEMENT.

L'INCONSTANCE. Mme. LANY.

SUITE DE L'INCONSTANCE.

M^{rs}. Lelievre, Trupty, Hamoche, Granger.
Mlles. Couppé, Chaumard, Deschamps, Procope.

DÉMONS.

M. LAVAL.

M^{rs}. Hyacinte, Henry, Dupré, Rivet, Hus, Desplaces.

SECOND DIVERTISSEMENT.

GRACES.

Mlles. COUPPÉ, MARQUISE, CHEVRIÉ

PLAISIRS ET JEUX.

M^{rs}. Béate, Martin, Levoir, Sciot.
Mlles. Affelin, Martigny, Thételingre, Chauvin.

PAS DE TROIS.

Psyché,	Mlle. PUVIGNÉE.
Une Eumenide,	Mlle. LYONNOIS.
Un Amour,	Mlle. DEMIRÉ.

L'AMOUR ET PSYCHÉ.

ACTE TROISIEME.

Le Théâtre repréſente d'un côté l'extérieur du Palais de
L'INCONSTANCE, de l'autre des Rochers.
On voit la Mer dans le fond.

SCENE PREMIERE.

PSYCHÉ, TISIPHONE.

PSYCHÉ.

O. Vénus, n'as-tu pas épuiſé ta vengeance ?
Après tous mes malheurs divers,
Après avoir cauſé ma fatale imprudence,
Faut-il que ta rigueur apprenne à l'Univers
Les maux qu'endure l'innocence ?

TISIPHONE.

Rien ne fléchit une Divinité

F

Dès qu'on bleſſe ſa vanité.
Douter de ſa puiſſance,
Eſt une moindre offenſe
Que de ſurpaſſer ſa beauté.

P S Y C H É.

Surpaſſer ſa beauté ! non il n'eſt pas poſſible.
Mais je poſſede un plus grand bien,
C'eſt un cœur tendre, un cœur ſenſible :
Que le cœur de Vénus eſt différent du mien !

T I S I P H O N E.

Ta fierté doit encor exciter ſa colere.

P S Y C H É.

En vain vous voulés vous unir ;
J'adore un Dieu charmant, j'ai le don de lui plaire.
Du moins il ſçait aimer, ſi Vénus ſçait haïr.

T I S I P H O N E.

Tu verras ta flame trahie.
Tu crois l'Amour conſtant dans ſon ardeur ;
Je ſuis trop ton ennemie
Pour te laiſſer ton erreur.
Je veux faire couler tes larmes,
Et ton orgueil n'aura triomphé qu'un moment.
Viens admirer les charmes

Qui t'enleveront ton Amant.

P S Y C H É, *à part.*

L'Amour me trahiroit ? ô mortelles allarmes !

T I S I P H O N E.

O vous, qui charmés tous les yeux,
Venés, jeunes Beautés, paroîſſés en ces lieux.

S C E N E II.

PSYCHÉ, TISIPHONE, L'INCONSTANCE,
Perſonnage danſant, ſuite de l'Inconſtance.

On danſe.

T I S I P H O N E.

DE tes attraits l'Amour va perdre la mémoire,
Et s'enflâmer d'une nouvelle ardeur.

P S Y C H É.

Il m'aimera toûjours, je me plais à le croire,
Et ſes ſermens ſont gravés dans mon cœur.

L E C H Œ U R.

Un' ſi charmant Vainqueur
Doit il ſe contenter d'une ſeule victoire ?
S'il eſt Amant pour ſon bonheur,
Qu'il ſoit volage pour ſa gloire.

F ij

P S Y C H É.

Rendre un cœur infidele , eſt - ce un plaiſir ſi
doux ?

L E C H Œ U R.

Ah ! c'en eſt un que rien n'égale.
Un Amant n'a ſouvent de tîtres près de nous
Que les charmes d'une Rivale.

P S Y C H É.

Quel plaiſir prenés-vous
A rendre un cœur jaloux ?

L E C H Œ U R.

Ah ! c'en eſt un que rien n'égale.

P S Y C H É.

L'hommage d'un Amant trompeur
Ne doit point flatter une Belle.
L'unique bien , le vrai bonheur
Eſt celui d'être aimé d'un cœur tendre & fidele.

On danſe.

On entend un prélude.

T I S I P H O N E.

Mais l'Amour va paroître, il faut ſuivre mes pas;
Viens , vole en de nouveaux climats.

SCENE III.
L'AMOUR, *seul.*

ON vous dérobe envain à mon impatience,
Trop aimable Pſyché, ne verſés plus de pleurs.
Je vous ſuivrai par tout, & ma perſévérance
　　　　Laſſera la vengeance
De la Divinité qui cauſe vos malheurs.
Je reſſens comme vous mille peines mortelles ;
　　　Mais des épreuves ſi crüelles
　　　Redoublent ma vivacité.
　　　Quand je vole après la Beauté,
　　　Je m'applaudis d'avoir des aîles.

Il ſort.

SCENE IV.
PSYCHÉ & TISIPHONE, *ſur un Vaiſſeau.*

TISIPHONE.

CRains ſans ceſſe un affreux trèpas
Sur cet Elément redoutable ;
　　　Non je ne trouve pas
Que ton deſtin ſoit aſſés déplorable.

PSYCHÉ

Monſtre crüel, fers les fureurs
De mon implacable ennemie
Malgré ſa barbarie,
Si l'Amour eſt conſtant, je brave mes malheurs.

TISIPHONE.

Neptune, tu l'entends : c'eſt Vénus qu'on offenſe ;
A ton Empire elle doit ſa naiſſance ;
Puiſqu'on ôſe l'outrager,
Hâte - toi de la venger.

L'obſcurité s'empare du Théâtre. Il s'éleve une Tempête.

ENSEMBLE.

PsychÉ.⎧ Juſtes Dieux, prenés ma défenſe ;
Tisiph. ⎩ N'eſpere rien de leur clémence ;
PsychÉ.⎧ Comblerés-vous mes maux, loin de les
   ⎨ ſoulager ?
Tisiph. ⎩ Ils combleront tes maux, loin de les ſou-
     lager.

Le Vaiſſeau ſe briſe, Pſyché ſe ſauve ſur un Ro-
cher, où Tiſiphone la ſuit.

SCENE V.

L'AMOUR, PSYCHÉ & TISIPHONE
fur le Rocher.

L'AMOUR.

VEnts furieux, rentrés dans le filence,
Ceffés, reconnoiffés ma voix.

PSYCHÉ, *à l'Amour.*

Tu n'es pas inconftant, puifque je te revois.

TISIPHONE, *à l'Amour.*

Je vais dans les Enfers achever ma vengeance;
Tremble, elle va fouffrir pour la derniere fois.

Pfyché eft précipitée dans la Mer.

L'AMOUR *feul.*

Ciel! on va la livrer à la Parque crüelle:
Amour infortuné, que vas-tu devenir?
  Ne tardons plus, il faut la fecourir;
Defcendons fur fes pas dans la Nuit éternelle.

Il fort.

SCENE VI.

Le Théâtre change, & repréfente l'Enfer. L'obfcurité
y régne.

PSYCHÉ, TISIPHONE, Troupe de Démons.

TISIPHONE ET LE CHŒUR.

Non, non, n'efpere pas
Que ton tourment finiffe.

PSYCHÉ.

Dans quels funeftes lieux conduifés-vous mes pas ?
Crüels, quels maux encor faut-il que je fubiffe ?

LE CHŒUR.

Non, non, n'efpere pas
Que ton tourment finiffe.

PSYCHÉ.

Du moins par mon trèpas
Terminés mon fupplice.

LE CHŒUR.

Non, non, n'efpere pas
Obtenir le Trèpas.

PSYCHÉ.

PSYCHÉ.

Ah ! fufpendés vos fureurs inhumaines ;

LE CHŒUR.

Non, non.

PSYCHÉ.

Que mes malheurs puiffent vous attendrir.

LE CHŒUR.

Tes plaintes font vaines,
Rien ne fçauroit nous fléchir ;
Nous ne pouvons t'offrir
Que la flâme & les chaînes ;
Nous foulageons nos peines
En te faifant fouffrir.

PSYCHÉ.

Sort inhumain ! Deftin barbare !

LE CHŒUR.

Tes cris & tes clameurs
Ne touchent point nos cœurs ;
Le Tartare
Te prépare
De nouveaux malheurs.

PSYCHÉ.

Dieux !

G

LE CHŒUR.

Tes plaintes font vaines
Rien ne fçauroit nous fléchir ;
Nous ne pouvons t'offrir
Que la flâme & les chaînes :
Nous foulageons nos peines
En te faifant fouffrir.

Une Troupe de Furies avec des flambeaux viennent
épouvanter P S Y C H É.

P S Y C H É.

Amour, c'eft toi feul que j'implore,
Viens, vole à mon fecours en cet affreux moment.

T I S I P H O N E.

Cet objet que ton cœur adore,
Sera bientôt ton plus crüel tourment.
Ton âme en le voyant d'horreur fera faifie ;
Connois toute ma cruauté :
Tu fouffrirois trop peu fi je t'ôtois la vie,
Je fais bien plus, je détruis ta beauté.

Elle la touche de fes Serpents.

P S Y C H É.

Aux yeux de mon Amant je n'aurai plus de charmes,
Ciel !

TISIPHONE.

Je te livre à tes allarmes.
L'Amour va dans ces lieux répandre la clarté,
Mais tremble, cet inftant terrible
Doit n'éclairer que ta difformité.
Pleure, gémis, fois affreufe & fenfible,
C'eft le tourment le plus horrible
Que l'on ait encore inventé.

LE CHŒUR.

Pleure, Gémis, fois affreufe & fenfible,
C'eft le tourment le plus horrible
Que l'on ait encore inventé.

PSYCHÉ feule.

J'ai perdu mes attraits, & l'Amour va paroître;
De mon Deftin rien n'égale l'horreur.
L'effroi que mon afpect dans fon cœur fera naître
Éteindra pour moi fon ardeur;
Et s'il me voit fans me connoître,
Je n'ôferai jamais diffiper fon erreur.

J'ai perdu mes attraits, & l'Amour va paroître;
De mon Deftin rien n'égale l'horreur.

G ij

SCENE VII.
L'AMOUR, PSYCHÉ.

L'AMOUR.

Je viens enfin terminer vos allarmes,
Sortés de ces funeftes lieux.
Venés revoir la lumiere des Cieux;
Le Jour paroît plus doux en éclairant vos charmes.

PSYCHÉ.

L'obfcurité de ce féjour affreux
Convient à ma douleur mortelle;
Je ne dois mes attraits qu'à l'erreur de vos feux,
Peut-être à vos regards ferai-je un jour moins
belle.

L'AMOUR.

Vôtre éclat frappe tous les yeux,
Les Dieux en vous voyant, admirant leur ouvrage,
Voudroient vous élever à l'Immortalité;
Mais aucune Divinité
Ne veut vous donner fon fuffrage.
Pour l'honneur de votre beauté
Ce refus vaut mieux qu'un hommage.

Venés, & rendés-vous à la clarté du Jour.

PSYCHÉ.

A mon bonheur elle feroit contraire.

L'AMOUR.

Nuit, qui me cachés ce myftere ,
Difparoîffés , fuyés devant l'Amour.

> *Le Théâtre s'éclaire.*

PSYCHÉ.

Que faites-vous ? Je vous perds fans retour.

L'AMOUR.

Ciel ! ce n'eft point Pfyché que l'on offre à ma vüe.
Du charme de fa voix je goûtois les douceurs ;
Far quelle puiffance inconnue ? . . .

PSYCHÉ.

Malheureufe Pfyché ! . . .

L'AMOUR.

Qu'entends-je ?

PSYCHÉ.

Je me meurs.

> *Elle tombe évanouie.*

L' A M O U R.

C'eſt Elle, juſtes Dieux ! puis-je la méconnoître ?
Chere Amante, vivés, & calmés vos douleurs.
Jugés du feu que vous avés fait naître,
Puiſqu'à vos pieds, l'Amour verſe des pleurs.

P S Y C H É.

Quels doux accents ſuſpendent mes allarmes ?
Quoi ! malgré ma difformité. . ..

L' A M O U R.

Vénus, en détruiſant vos charmes,
N'a pas détruit ma ſenſibilité.
Vos ſoûpirs, vos plaintes, vos larmes
Vous donnent un pouvoir plus grand que la beauté.

*Le Théâtre change , & repréſente le Palais de Vénus ;
on voit cette Déeſſe ſur un Thrône, environnée
des Grâces, & de ſa Suite.*

L' A M O U R E T P S Y C H É.

Quel changement ! quel Palais enchanté !

SCENE DERNIERE.

VÉNUS, L'AMOUR, PSYCHÉ, *Suite de Vénus.*

V É N U S.

Psyché, ne craignés plus ma vengeance crüelle;
Je viens par mes bienfaits réparer vos malheurs:
    Une tendreſſe ſi fidelle
    Doit triompher de tous les cœurs.
Reprenés vos attraits, ſoyés encor plus belle;
Que mon Fils vous élève aux ſuprêmes grandeurs.
L'hymen va vous unir d'une chaîne éternelle;
    Pour en goûter à-jamais les douceurs,
    Jupiter vous rend Immortelle.

L'*AMOUR ET PSYCHÉ.*

    Généreuſe Divinité,
    De nos cœurs recevés l'hommage:
    Après avoir ſouffert l'orage,
    Que le calme a de volupté!

V É N U S.

Venés Plaiſirs, chantés leur ardeur mutuelle,
    Par vos attraits embelliſſés ma Cour:
Retracés dans vos jeux une image fidelle,
    De la victoire de l'Amour.

                    On danſe.

La Suite de Vénus, célébre le bonheur de
l'Amour.

PSYCHÉ, *à l'Amour.*

Mon bonheur est extrême !
Vous partagés mes feux ;
Vous m'aimés, je vous aime,
Mon fort est trop heureux.
De ma flâme fidelle
Qui peut troubler le cours ?
Quand on est Immortelle,
On doit aimer toûjours.

On danse.

L' AMOUR, *à Psyché.*

Pour vous l'aimable Aurore
    Fait éclore
Tous les pré ens dont Flore
    Se décore.
Plaisirs, célébrés mes transports ;
Chantés le feu qui me dévore :
Par la douceur de vos accords
Enchantés l'objet que j'adore.

LE CHŒUR.

Pour vous l'aimable Aurore
    Fait éclore

Tous

> Tous les préfens dont Flore
> Se décore.
> Plaifirs, célébrons fes tranfports,
> Chantons le feu qui le dévore :
> Par la douceur de nos accords
> Enchantons l'objet qu'il adore.

Pas de Trois, repréfentant le *fujet de l'Acte.*

F I N.

APPROBATION.

J'AI lû, par Ordre de Monfeigneur le Chancelier, *Les fêtes de Paphos, Ballet-héroïque.* A Paris ce ving-neuf Mars mil fept cent cinquante-huit.

DE MONCRIF.

ou empêchement. Voulons que la Copie desdites Présentes, qui sera imprimée tout au long au commencement ou à la fin dudit Ouvrage, soit tenue pour dûement signifiée, & qu'aux Copies collationnées par l'un de nos amés & féaux Conseillers & Sécretaires, foy soit ajoûtée comme à l'Original. Commandons au premier notre Huissier ou Sergent, de faire pour l'exécution d'icelles tous Actes requis & nécessaires, sans demander autre permission, & nonobstant Clameur de Haro, Chartre Normande, & Lettres à ce contraires. CAR tel est notre plaisir DONNE' à Fontainebleau, le douziéme jour du mois de Novembre, l'An de Grace mil sept cent trente-quatre, & de notre Régne le vingtiéme : *Et plus bas*, Par le Roy en son Conseil. *Signé* SAINSON, avec paraphe.

Registré sur le Registre VIII. de la Chambre Royale des Libraires & Imprimeurs de Paris, N°. 797 *fol.* 779. *conformément aux anciens Réglemens, confirmés par celui du* 28 Février 1723. *A Paris le* 23 Novembre 1734.

G. MARTIN, *Syndic.*